KB108869

나쁜 엄마가 되기로 했다
오늘부터 "엄마,"

사노 요코
기타무라 유카 그림
김수현 옮김

요코 씨의 "말" 5
그럼 어쩐다

ヨーコさんの"言葉"

민음사

차
례
一

결국 사람은
먹는다

친구의 애인은
친구가 아닌 다른 사람과
결혼해 버렸다.

친구는 밤중에 나를 찾아와서
이불을 뒤집어쓰고 울었고,
나는 친구의 애인에게 화를 내는 한편

일이 이렇게 되도록
뒤틀린 시간을
보내 온 친구를 질책했다.

하지만
그런다고 바뀌는 건 없다.

친구는 울면서
"배고파, 먹을 거 없어?"
했다.

다음날 아침, 나는
"남자가 걔만 있니.
세상의 반이 남자야.
기분전환하게 밖에 나가자."
하고 친구를 격려했다.

버스 안에서 친구는
줄줄 눈물을 흘리며
"한번 더 만나 볼래."
하고는 코를 풀었다.

그러더니 잠시 후
"아냐, 관둘래."
하고 마음을 돌렸다.

친구는 길 한복판에
주저앉은 채
숨죽여 굵직한 소리로 울었다.
지나가던 사람들이 다 쳐다봤다.

일어나면서
"배고파,
고기 먹고 싶어."
하고 친구가 말했다.

고깃집에서 친구는 목에 건
종이 앞치마로 얼굴을 폭 싸고
흑흑 흐느꼈다.

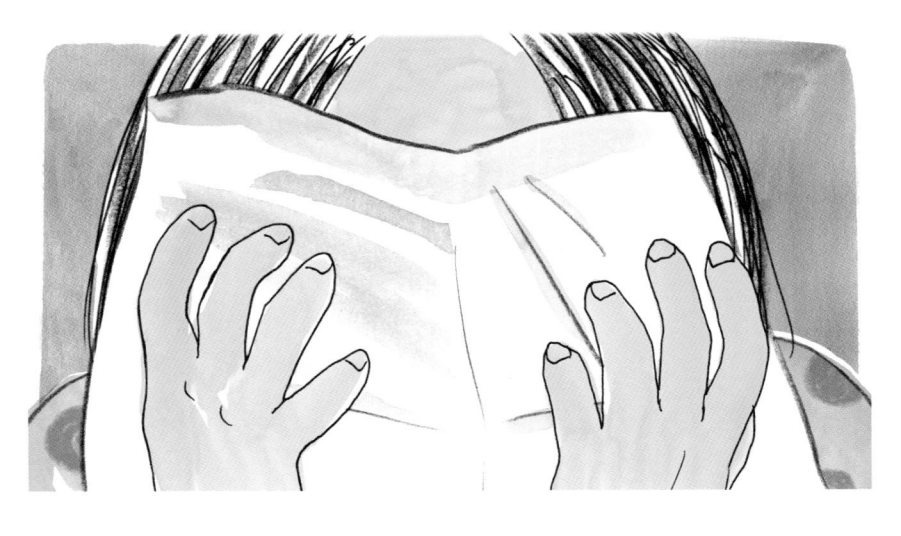

친구는 고기 2인분을
잿빛 연기 너머에서
혼자 거의 다 먹고
다시 2인분을 추가했다.

내가 남긴 밥까지 끌어다 놓고
추가한 고기를
게 눈 감추듯 먹어 치웠다.

고깃집을 나가서는 바로
"케이크 먹을래."
하고 말했다.

★ 카페 론도

척 봐도 배가 고파서
먹는 게 아니었다.
어떤 기분 나쁜 힘에 지배되어

친구의 것이 아닌,
위장이 아닌 것 속에
삽으로 뭔가를 정신없이
퍼 넣는 작업이었다.

장렬하게 폭주하는 식욕이
친구의 슬픔이 얼마나 깊은지 드러냈다.

함부르크의 공항에서
기다리다가, 벤치 옆자리에
앉은 사람과 이야기를 나눴다.

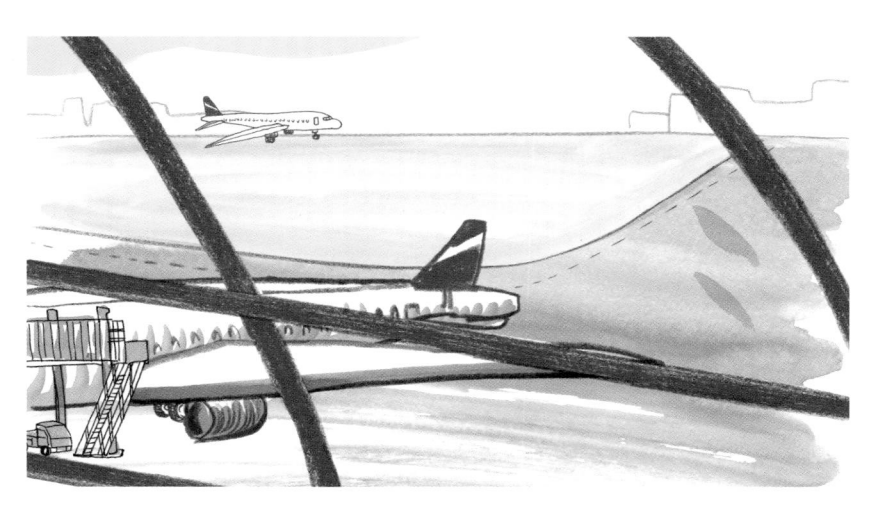

초로의 일본인이었는데
음식 이야기만 했다.

그러다가 생선 이야기가 나왔다.
나는 어렸을 적 먹은
꽁치 이야기를 했다.

"꽁치를 통째로 집어넣어서
마늘잎을 썰어 넣고
간장으로 간을 해서 밥을 지었어요.

다 익어서 머리를 들면
뼈가 싹 벗겨졌어요.
내장도 같이 밥이랑 섞어서
먹었어요."

"와, 맛있겠네요.
 저는 고등어 된장 조림을 좋아했는데

작은 고등어를 토막토막 썰어서
무랑 된장을 넣고 조리는 거예요.
약불에 보글보글.
조금 달게 간을 하는 걸 좋아했지요."

반투명한 갈색으로 익은
무 생김새까지
선명하게 그려지면서
입 안 가득
침이 고였다.

그 사람이 탈 비행기가 먼저 와서
"그 꽁치 밥
　맛있겠는걸."
하면서 떠나갔다.

★ 고등어

나는 일본에 돌아가면
고등어 된장 조림을 만들어야겠다고 생각했다.

몇 년이 지난 후에도
나는 가끔씩
고등어 된장 조림이
먹고 싶어졌다.

그러면
"그 꽁치 밥, 맛있겠는걸."
하고 말했던 그 사람과 마주하게 된다.

얼굴도 생각나지 않는 그 사람과
나는 가끔씩 유쾌한 시간을 가진다.

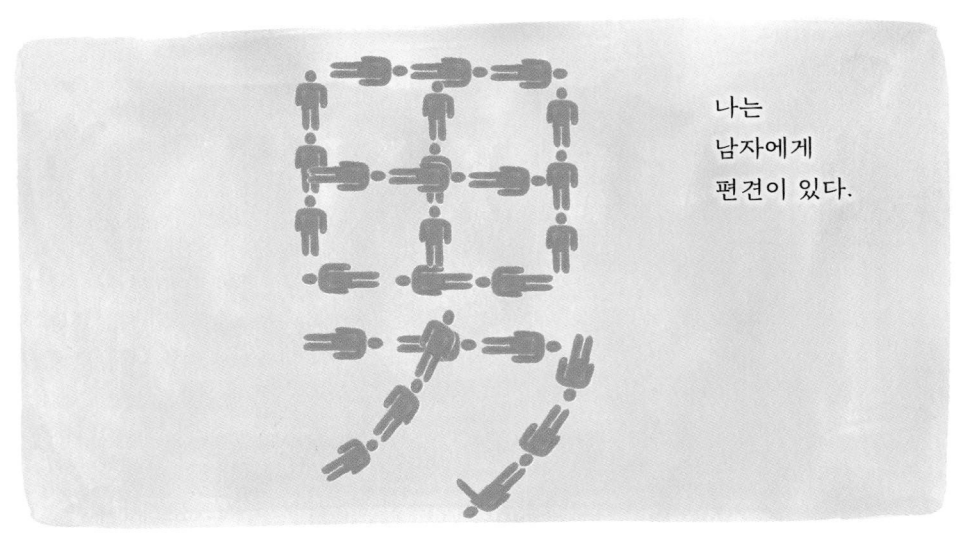

나는
남자에게
편견이 있다.

잘생기고 멋있으면
바보다, 보나마나 바보, 하고
생각해 버리는 나쁜 버릇이 있다.

일류 대학 출신은
어른이 덜 되어 애 같을 거라는
강한 편견.

부잣집 도련님은
겁쟁이일 거라는 선입관.

★ 수학 B 정기 시험 / 해답 / 문제 번호 / 해답 기호 / 해답

어느 날 우리 바보 아들내미가
낙제 위기에 처해

얼굴이 창백해진 나는
은행에 날다시피 달려가

게시판을 통해
가정교사를 찾았다.

한 시간 뒤에는, 우리 집 현관에
참으로 훤하게 잘생긴 청년이
서 있었다.

한겨울이었는데
청년이 방에 들어오더니

가죽점퍼를 벗고
하얀 티셔츠 한 장 차림이 되었다.

"어휴
외투가 뭐 그렇게
좋아 보인대.
비싸겠어."

"아하하,
이거 비싸요."

"자네 집이 부자인가?"
"아버지는 그냥
 그저 그런 상업 회사 중역이세요."

그럼 그저 그런 게 아니잖아.

당황했던 나는
그가 일류 대학 학생이라는 사실도
깨닫지 못했다.

"자네 돈이 궁할 것도 없겠네."
"뭐, 그렇죠."

일이 난처해졌다.
다 내가 싫어하는 조건이었다.

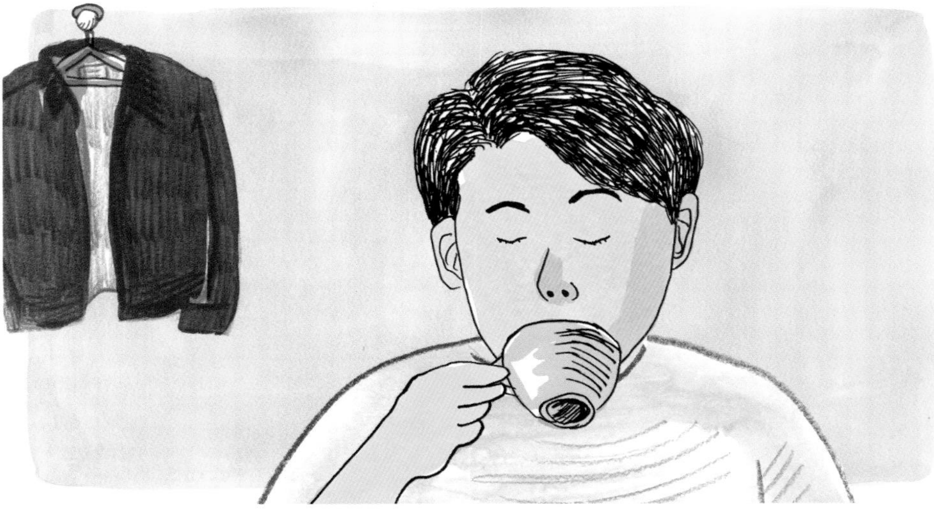

하지만
이것저것 따질
처지가 아니었기에
아들이 놓인 상황을 설명했다.

"알겠습니다.
저도 옛날에 비뚤어졌던 시절이 있어서
괜찮을 거예요."

"그래서 과외비 말인데."
"시험 다 보고
무사히 진급하면 받기로 하죠.
못 했을 때는 안 받겠습니다."

나는 입이 쩍 벌어져서
놀랐다.

청년은 매우 열심히
공부를 가르쳐 주었고

"아니, 공부를 아예 못하는 아이인가 했는데
머리가 좋은걸요."
라는 말까지 해 주는 게 아닌가.

쾌활하고 구김살 없고
똑바르게 반응할 수 있는 지성이 있고

悲劇の解読

共同幻想論

★ 공동환상론 / 비극의 해독

전문 분야에 몰두하는 외골수가 아니라
요시모토 다카아키＊와 만화 잡지를 차별하지 않고
참을성 있고
사람이 참 좋더란 말이지.

★ 요시모토 다카아키, 일본의 시인이자 철학자(1924~2012)

나는 과일나무를 자랑할 수 있었다.
다행히도

그 뒤로 나는
가치관이 확
바뀌고 말았다.

"알아? 남자는
부잣집 도련님에, 머리 좋고
잘생긴 게 진국이야."
라고 남들에게 말하고 다니기도 했다.

사람은 겉모습이나 조건만 가지곤 모른다.
하나하나 비교하지 않으면 모른다.

하나하나 다르니까
하나하나 알아보는 거다.

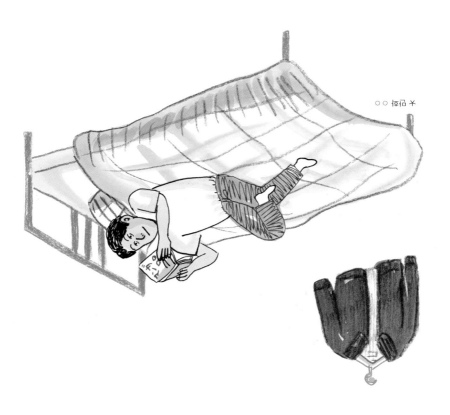

米 지형이 ○○

누가 애들을 좋아하느냐고 물으면
나는 대답하기가 어렵다.

솔직히 말해
애가 네다섯 모여 있는 곳은
지옥 같다.
가급적 접근하고 싶지 않다.

아이들을 천진난만하다거나
혹은 천사 같다고 하는 사람은
타고난 거짓말쟁이가
아닐까 생각한다.

애들은 신이 나면
정도를 모르고 덤비기 때문에
무섭다.

룩하면 악마 같은 짓을
저지르는 아이라도

제 자식이라면
사랑하지 않을 수 없는 것이
인간의 번뇌이자
고맙게도 부모 마음이라는 것이다.

아들이 여섯 살 때
아주 못된 짓을
했던 듯하다.

나는 이때다 싶어
여느 평범한 부모처럼
최종 수단으로

"엄마는 집 나갈 거야.
네 맘대로 살아."
하고 현관을 나서려고 했다.

내 계산대로라면
아들은 현관에서
울면서 나에게 매달리며

"잘못했어요, 이제 안 그럴게요.
 나가지 마세요."
 하고 나왔어야 했다.

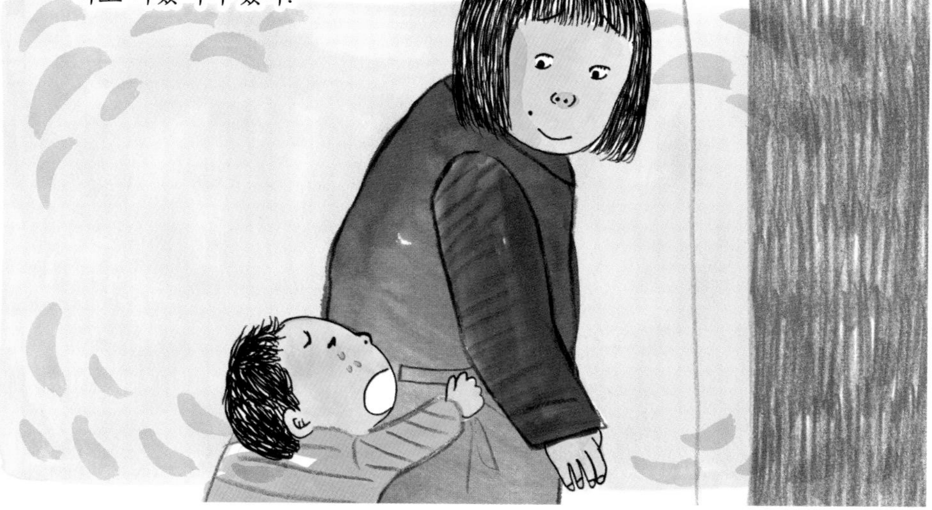

하지만 아이는
현관에 나와 보지도 않았다.

당황한 나는 번복도 못하고
어쩔 수 없이 밖으로 나갔다.
나는 총총 어딘가로
사라져야만 했다.

하지만 갈 곳이 없었다.
밖에서
어슬렁거릴 뿐이었다.

이윽고 얼마간 시간이 지나자
아이가 나왔다.

눈물 한 방울 안 흘리고 침착해 보였지만
그래도 나왔다.
그래, 잘했어,
와서 솔직하게 사과하렴.

아이는 나에게 다가와서
겉옷 옷자락을 잡아당기며
"돌아가요."라고 한 마디 한 뒤

"전 분명 말렸어요."
하고 선언하고는
집 안으로 쏙 들어가 버렸다.

신이시여, 저는 어떻게 하면
좋단 말입니까.
이런 아이는
어떻게 다루면 된단 말입니까.

★ 히어로 전대 레인저

여섯 살 아이가 어른 속마음을
다 들여다보고 있었던 것이다.

야무진 아이인가 싶으면
별안간 내가 탄 버스를
울면서 쫓아와서

내가 당황해서 내리면
달라붙어
떨어지지 않기도 했다.

"일 때문에 멀리 가는 거야.
엄마 일 방해 안 하고 혼자
있을 수 있지?"

눈물로 엉망이 된 얼굴로
열심히 고개를 끄덕인다.
너무 사랑스러워서
잡아먹고 싶을 정도였다.

악마와 천사가 뒤죽박죽된 것이
아이인 것이다.

나는 아이에게
이제 아무런 선입관도 못 가지겠다.

아이의 동향을 있는 그대로
보고 받아들이며
그저 가만히 지켜 볼 뿐이다.

가만히 보다가
밑바닥까지 꿰뚫어 봐 주마,

아이의 탈을 쓰고
영악하게 어른을 속이려고 하는 것을
다 들여다봐 주마.

세상에 꽃이 피었나 싶을 정도로
예쁘게 예쁘게 웃으면
나는 희망에 젖어서

태어나서 다행이야,
아이들 모두 태어나서 다행이야, 하고
진심으로 행복해진다.

네 번째 一

립스틱

어렸을 적
엄마가 화장을 하기 시작하면
나는 그 옆에 가지
않고는 못 배겼다.

나는 무엇을 하고 있었든
경대 앞에서 거울을 노려보는
엄마 옆에 붙어 앉았다.

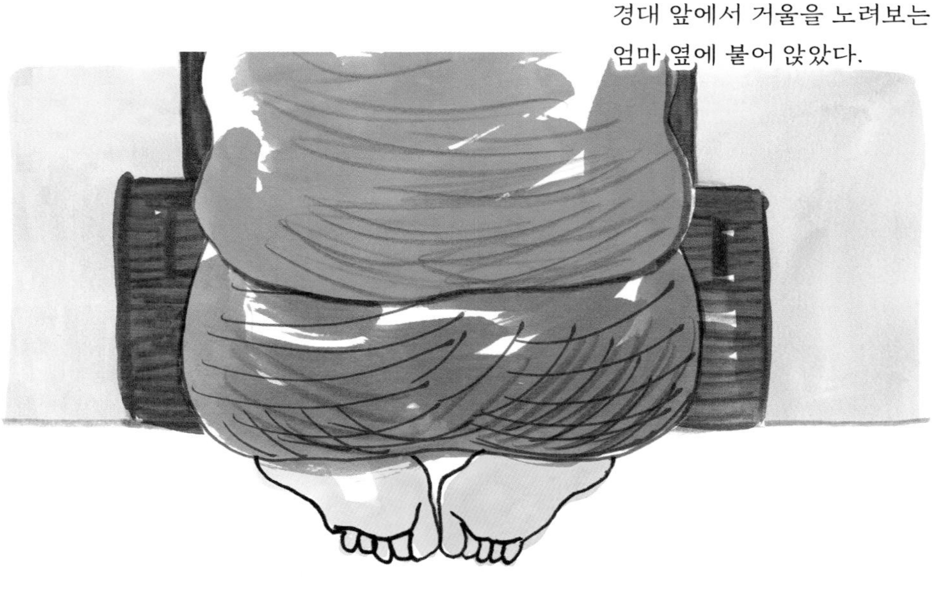

엄마는 입술을 입 안에 음 하고 넣고
분가루를 토닥토닥 두드려 발랐다.

엄마는 화장에 몰두해서
옆에 있는 나는
거들떠보지도 않았다.

분가루를 다 바르면
엄마는 다시 입 안에서
입술을 꺼냈다.

그리고
얼굴을 더욱 거울 가까이 가져가서
천천히 둘러보며 점검했다.

그리고 작은 붓을 꺼내어
연지가 든 용기 안을
빙글빙글 휘저었다.

나에게는 그 재빠른 동작이
심상치 않게 느껴졌다.

엄마는 뺨을
분홍색으로 바르고
그다음엔 눈두덩도
분홍색으로 발랐다.

거기까지 오면
나는 두근거리는 가슴으로 숨을 죽였다.
다음이다, 다음이야.

엄마는 검은색 립스틱 뚜껑을 열고
새끼손가락 끝에 립스틱을 묻혀서

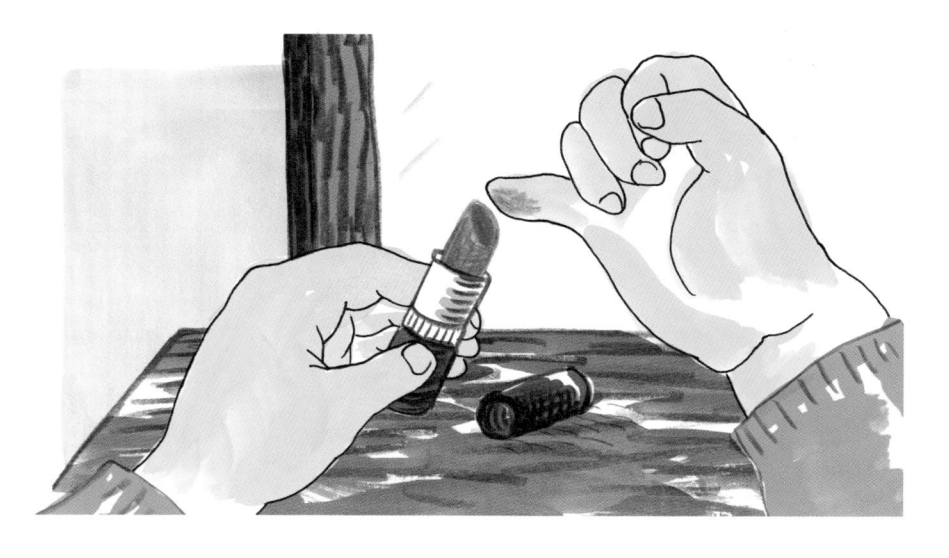

윗입술을 에~ 모양으로 만들고
발랐다.

그리고 다시 입술을 입 안으로 집어넣고
안에서 슬며시 비볐다.

그다음, 갑자기 "음, 파"
하고 입술을 열면
아랫입술도 어느새 빨개져 있었다.

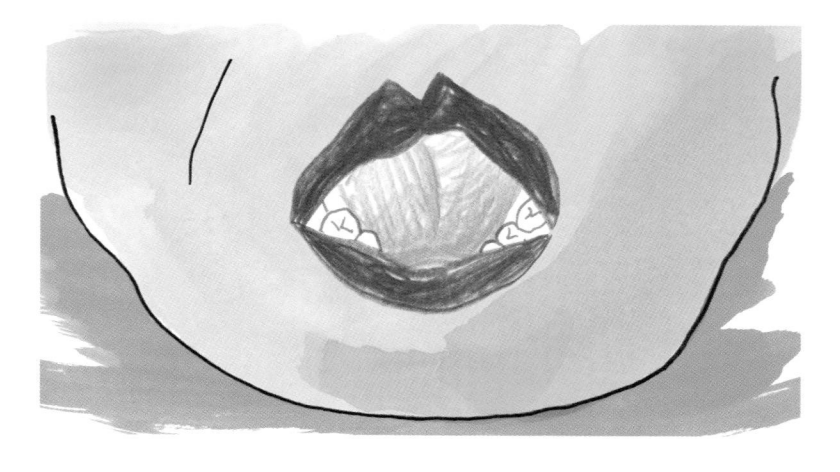

이거다, 이거야.

그리고 거울을 향해
싱긋 웃었다.

전쟁이 끝나고 귀국해
아버지의 고향 시골에
돌아왔을 때도

엄마는 하나뿐인 립스틱을
쭉 가지고 있었다.

봉당 기둥에 걸려 있는
작은 거울을 향해

"음, 파" 하며 입술을 연 후
싱긋 웃으면 나는 만족스러웠다.

아버지는 내가 열아홉 살 때 죽었다.
죽은 후에도 엄마는 화장을
그만두지 않았다.

가끔 친정에 돌아가면 경대에 놓인
어마어마한 수의 화장품을 보고
동생들과 함께 웃었다.

우리가 웃어도 엄마는
눈 하나 깜짝하지 않았다.
엄마는 예순을 훌쩍 넘긴 나이였다.

엄마가 화장을 하는 것은
어떤 목적을 위해서가
아니었던 게 분명하다.

화장은 엄마가 엄마 자신이기 위해
빠트릴 수 없는 일이었다.
엄마는 화장 없이는
엄마 자신으로
있을 수 없었던 것이다.

가끔 나를 찾아오는 엄마는
딸네 집에 빈손으로 오면 왔지
화장품을 깜빡하고 오는 일은 없다.

어느 날 아침
아침 식사 준비를 하면서
나는 엄마와 말다툼을 했다.

엄마는 "됐다,
그만 돌아가련다." 하고
후다닥 옆방으로
뛰어들었다.

　내심 마음이 편하지 않았던 나는
고요해진 옆방이 신경 쓰여서
아들을 불러다
"할머니 좀 보고 와."
하고 시켰다.

"할머니 뭐 하시던?"
"화장하고 계셨어요."

나는 엄마도
아이였구나 싶어
굉장히 놀랐다

어렸을 적, 할머니를 보면
나면서부터 할머니였을 거라고
생각했다.

아빠도 엄마도 나면서부터
아빠와 엄마였던 줄 알았고
의심도 하지 않았다.

언젠가 엄마가
"내가 학교 들어가기 전에,
다섯 살 때였던가."
하는 걸 듣고

나는 엄마도 아이였구나 싶어
굉장히 놀랐다.

다섯 살 무렵의 엄마가 이웃 아이와
소꿉놀이를 하고 있을 때,

나이가 훨씬 많은 여자아이가 엄마에게
절에 핀 국화꽃을
꺾어 오라고 명령했다.

엄마가 절에 가자
주지스님이 정성을 다해 키운 국화가
화분에 한 그루씩 심겨 늘어서 있었다.

엄마는 주위를 둘러보고
그중 가장 커다란 꽃을 꺾었다.

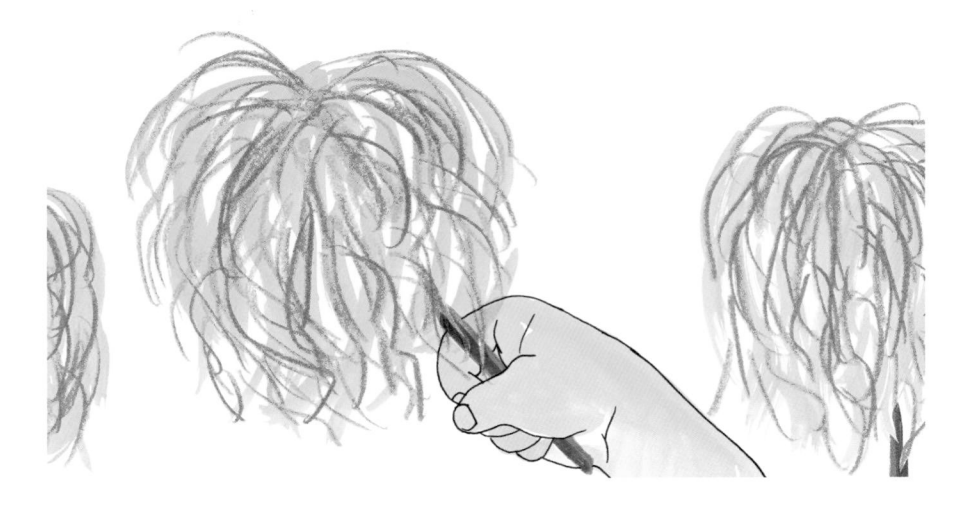

꺾자마자 목덜미를 잡혔다.
"어느 집 아이냐!" 하고
　성난 주지스님이 고함을 질렀다.

다섯 살 무렵의 엄마는 순간적으로
"오줌!" 하고 외쳤다.

스님은 깜짝 놀라
자기도 모르게 손을 놓았고
엄마는 꽃을 가지고
정신없이 도망쳤다.

"내가 꾀는
타고났나 봐."
엄마는 말했다.

나는 몇 번이나
절에 꽃을 꺾으러 갔을 때 이야기를
해 달라고 졸랐다.
엄마는 그때마다
"내가 꾀는 타고났나 봐."
하고 기쁜 듯이 말했다.

나는 엄마의 어렸을 적 사진을
한 장도 본 적이 없었기 때문에
엄마가 어떤 아이였는지
알 수 없었다.

엄마 얼굴을 하고 있던 엄마에게서
아이였던 엄마를 상상하기가
어려웠다.

어째서 나는 엄마에게 몇 번이나
이 이야기를 해 달라고 졸랐던 걸까.
아마 무엇보다 엄마도 예전에는 아이였다는,
그 당연한 사실에서 오는 놀라움이
좋았나 보다.

다다미 위에 앉아서
놀고 있을 때
갑자기 미닫이문이 열리고
엄마의 발이 보이면

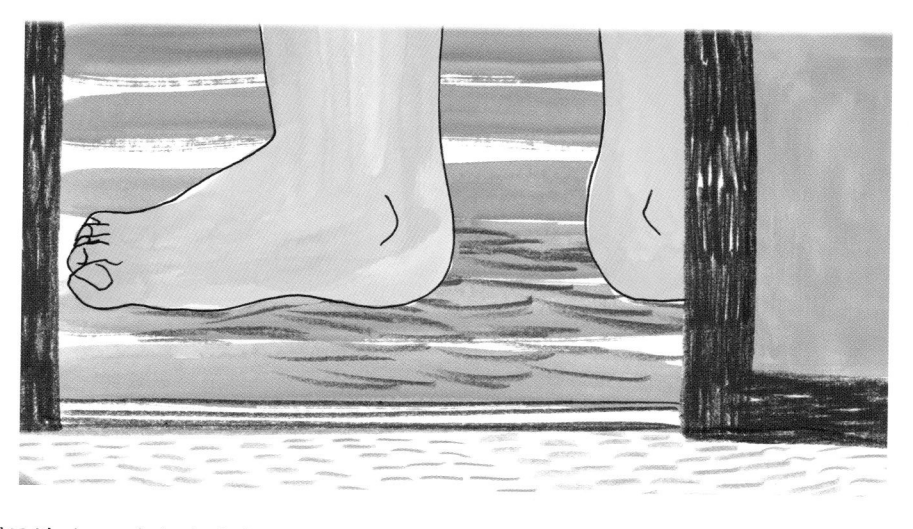

전래동화 속 도깨비 발처럼
거대하다고 생각했다.

언제든 엄마의 얼굴은
저 높은 곳에 있었으며

아빠와 엄마의 대화 대부분은
이해할 수 없는 어른들만 쓰는
말이었다.

엄마와 아이인 나는
같은 인간이 아니었다.
완전히 다른 세계에 소속된
다른 인종이었다.

　　다섯 번째 — 나는 엄마도 아이였구나 싶어 굉장히 놀랐다

나는 내 아이를 낳았다.

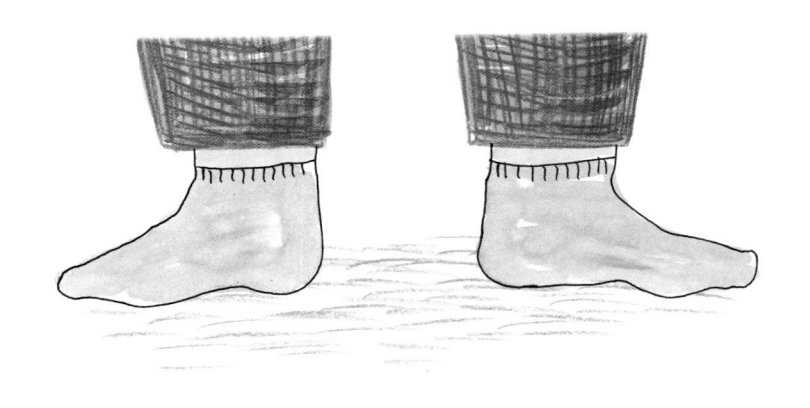

하지만 나 자신이 동화 속 도깨비 같은 발을
아이의 눈앞에 들이밀고
아이가 들으면
외국어 같을 말을 하고

전신주 위에서
목소리를 내고 있는 거라는 사실을
자각할 여유가
없었던 듯한 기분이 든다.

나는 늘 다정한 어머니이며
아이에게 올바른 것을 가르치고

아이는 언제나
어머니를 원한다는
착각을 품고
있었던 게 아닐까.

내 아이에게
나 역시 아이였을 적 이야기를
한 적이 있었는지 없었는지
생각이 나지 않는다.

이제 도쿄에는
안 갑니다

2층에 하숙하는 세리자와 군이
기분 나쁘다고 하기 시작한 것은
숙모였다.

세리자와 군은 도호쿠에서 올라온
재수생이었는데
나갈 때도 돌아올 때도
아무 말 없이 현관을 드나들어

처음부터 숙모 집 식구들에게
좋지 않은 인상을 주었다.

두 개 있는 다다미 넉 장짜리 방에
재수학원에 다니는 세리자와 군과
대학생이 살았는데

두 사람은 서로 말도 나누지 않고
숙모가 가져다주는 아침밥과 저녁밥을
각자 책상에 앉아서 먹었다.

나는 복도를 두고 맞은편 방에
신세를 지며
미술학교에 다녔다.

나는
숙모의 식구나 같았기 때문에
세리자와 군과 같은 집에
살면서도
완전히 다른 세계에 있었다.

"그 학생, 식사를 가져갔더니
이불을 뒤집어쓰고 공부를 하고 있는 거야,
어쩐지 기분이 나빠."
라고 숙모가 말한 것은
5월 중순 무렵이었다.

7월이 되자
세리자와 군은 지붕에 나와
저녁 바람을 쐬기 시작했다.

숙모가
가족들에게 알리는 편이 좋겠다고
말을 꺼낸 것은
지붕 위에서
보자기를 뒤집어쓰고

"가로 아쿠야-."
하고 되풀이해서 중얼중얼하기
시작했을 때였다.
숙부의 이름이
가로 요시야였다.*

★ '아쿠'는 악하다, '요시'는 선하다는 뜻이 담겼다

아버지가 데리러 와서
세리자와 군은 고향으로 돌아갔다.

이듬해 3월에 숙모의 집에
세리자와 군이 보낸 엽서가 도착했다.
도호쿠 대학에 입학한 사실을 알리며
마지막에 요코 씨에게 안부를 전해 달라고
적혀 있었다.

그때, 고작 그 정도 일을
세리자와 군은 잊지 않았던 건가 싶어서
가슴이 먹먹해졌다.

세리자와 군이 하숙을
나가기로 정해지고
그의 아버지가 데리러 올 때까지
나는 방에 그를 불러서
그림에 관한 책이나 잡지를 보여 주었다.

★ 현대 미술로 놀다

이상하게 느껴지기는커녕
쑥스러워하는 평범한
열아홉 살 소년으로 보였다.

다음 날,
"영화를 보러 가자."
라고 해 보았다.

★ ○△× 극장 / 안네의 일기

신나는 영화를 찾았지만
아무것도 없어서
「안네의 일기」라도 괜찮을지
묻자 괜찮다고 했다.

영화가 시작되고
옆에 앉은 세리자와 군은
몸을 흔들흔들 움직였다.

"나갈까." 하고 묻자
"응." 하고 곧장 대답했다.
"갇혀 지내는 영화는 싫어."

집에 돌아가는 버스 안에서
세리자와 군은 "내릴래."
하고 말했다.
내린 곳이 다리 위였다.

다리에 달라붙어서
"돌아가고 싶지 않아."라고 말했다.

나는 팔을 잡고
"그만 돌아가자." 하고 말했다.

세리자와 군은 일부러 내게
질질 끌려가듯이 따라왔다.
고작 그 정도 일이었다.

그래 어른들한테
맡기지 세상사 곰이 나섰다고.

사람이 달라져 어른스럽고
활발한 청년이 되어 있었다.
"가끔 놀러 와도
될까요." 하고 물었다.

"좋아요, 가을에 결혼하는데
그이랑 친구 하면 되겠네."
내가 너무 밝은 목소리로
말을 했던 건지도 모른다.

아직 해가 중천인 거리에서
손을 흔들며 헤어졌다.

그 바로 뒤에
난생 첫 러브레터를
세리자와 군으로부터 받았다.

"이제 트로메에 왔습니다."
하고 마지막에 적혀 있었다.

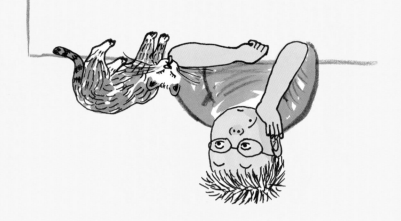

정들면 지옥이라 해도

문학 판넘

남에게 친절하게 대하기란
어려운 일이다.

가장 어려운 것은
가까운 사람에게 오랜 세월에 걸쳐
변함없이 친절하게 대하기다.

★ 주간 ○△ / 투자의 타이밍 / 전격 결혼 그 후 스피드 이혼 / 최고의 화장품

이게 가능하다면
결혼이라는 것도 어려운 사업이
되지 않을 것이다.

그에 비하면
스쳐가는 타인에게 베푸는 친절은
마음이 매우 편하다는 게
내 경험에서 온
친절 철학이었다.

하지만
근래에는
그렇지도
않은 것 같다고
생각하게
되었다.

예를 들면 역에서
역무원에게 길을 물으면
무시당하는 일도 곧잘 있다.
요전에 역 매점 아주머니에게
길을 물어봤더니

혀를 차면서
노려보았다.

분명 하루에 몇백 명이 길을 묻겠지,
일일이 다 상대하고 있다가는
장사를 못 할 거야.
어쩔 수 없지.

★ 길을 묻지 마세요 / 라이터 100엔 / 담배

그러고 보면
어느 담배 가게에는
"길을 묻지 마세요."
라는 팻말이 걸려 있었다.

요전에
나가노의 우에다 쪽 백화점에서
미싱을 사려고 했더니

미싱은 없다고
젊은 남자 점원이
미안하다는 듯이 말했다.

"어디 미싱
파는 곳은 모르시나요?"
나는 너무 넉살을 부리나 하면서도 물어봤다.

★ 가전제품

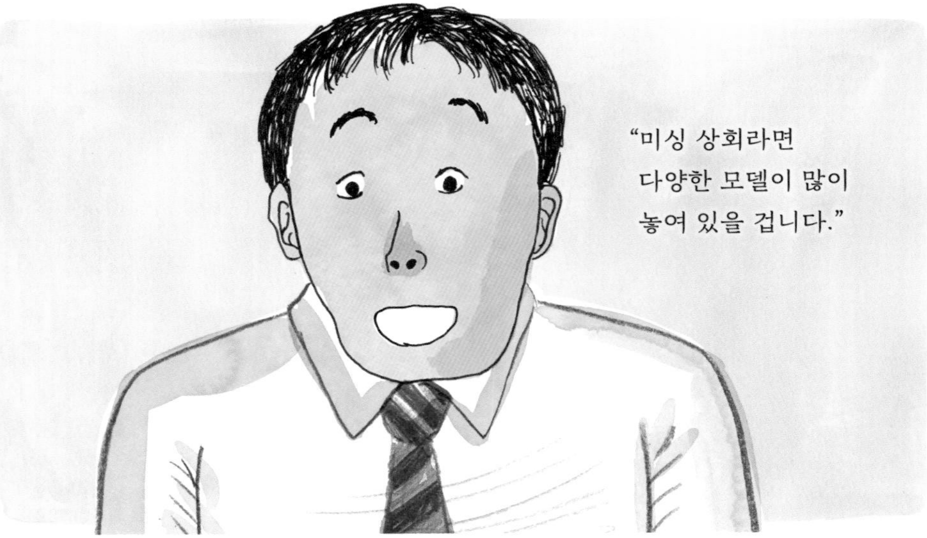

"미싱 상회라면
다양한 모델이 많이
놓여 있을 겁니다."

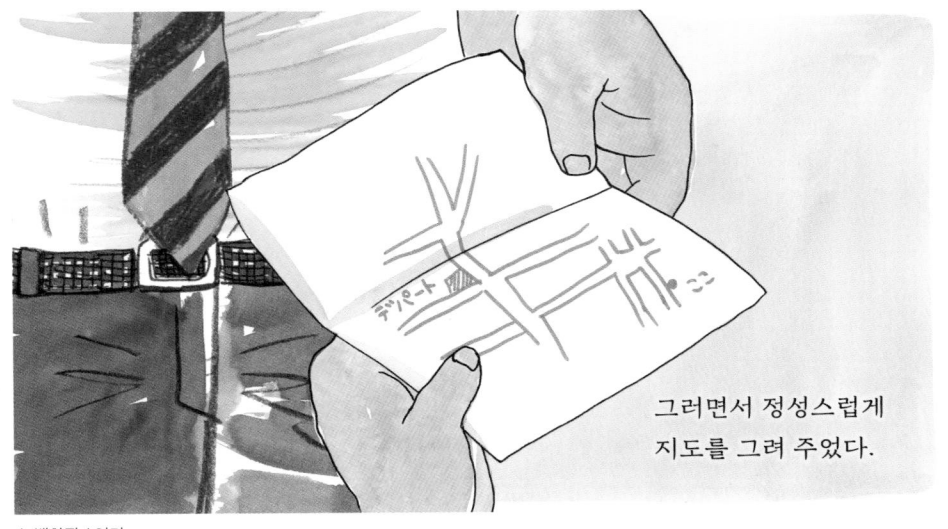

그러면서 정성스럽게
지도를 그려 주었다.

★ 백화점 / 여기

금방 알았다.

★ 미싱 상회 / 어쨌든 미싱 취급점

"이거, 고장 나면
어떻게 하면 돼요?"

★ 일반용 미싱 / 제품번호 E-K103

주인아저씨는
"어디로든 고치러 가겠습니다.
지금 기타카루이자와에 사세요?
그럼 금방 갈 수 있어요."

정말 좋은 사람이다.
정말 친절하다.

★ 이불집 / 덮는 이불 / 재고 떨이 / 모두 500엔

그러고 나서 이불 가게에
베개 커버를 보러 갔다.

"이거, 하얀 색은 없어요?"
"잠깐 기다려 주면
 지금 바로 박아 올게요."
"네? 지금 바로요?"

★ 베개 커버 700엔 / 부인용 3900엔

"네, 바로 돼요.
 동네 한 바퀴 돌고 오면
 되어 있을 거예요."

나는 눈물이 날 것 같이
감동을 받았다.

"한 장에 700엔인데
 지금 바로 박아 준대요."
"와, 정말?"
 남편도 놀랐다.

"어떻게 여기 사람들은
다 친절할까?"
"한가해서 아냐?"

그러고 보면 다들 한가해 보였어.
하지만 바쁜 것보다는
한가한 편이 좋은 것 같아.

그러고 보면
역 매점 아주머니는
바빠 보였지.

바쁘면
기분이 언짢아지기 마련이야.
바쁘면
사람이 무서워져.

한가한 사람은 인상이 좋다.

★ 정육점 / 클리닝 / 포인트 카드 접수, 회원님 할인

나도 한가해져서
좋은 인상을 하고
누가 길을 물으면
성심성의껏
가르쳐 주고 싶다.

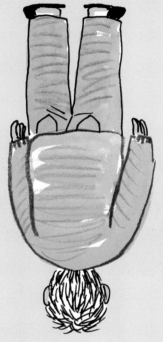

그림 아저씨

아 펴 열 일 一

달밤으로 트리움이
등아가 기울이 든다.

어젯밤, 텔레비전이 망가졌다.
아무리 리모컨을 눌러도
켜지지를 않는 것이다.

멍하니 리모컨을 봤더니
전화기를 들고 있었다.

1년쯤 전에 있었던 일이다.
냉장고를 열어 보고 소름이 돋았다.

씻은 커피 잔이
세 개 나란히 놓여 있었다.

어수선한
플라스틱 상자를 뒤지면

"와, 그러고 보면
이런 것도 있었지."
싶은 게
차례차례 튀어나온다.

가위는
몇 개를 샀는지 모르겠다.
갑자기 행방불명된다.

요즘 나는 집 안에서
우두커니 정신이 나간 채 서 있는 일이
하루에 열 번도 더 있다.

뭘 가지러 가야지 해서
일어나 두세 걸음 걷다 보면
뭘 가지러 가려고 했는지
잊어버린다.

새 이름도 다 잊어버린다.
일에 관한 팩스나 편지도
거의 잊어버린다.

상대방이
"얼마 전 편지 드린 ○○인데요."
라고 해도
누구인지 짐작조차 되지 않는다.

"무슨 일이셨죠?"
하고 물어보는 수밖에 없다.
이미 나는
사회적으로 문제시되고 있을 것이다.

아라이 씨는 기억력이 매우 좋은 사람이라
"아라이 씨는 학자가 될 수 있을 거야."
라고 이따금씩 생각한다.

그런 아라이 씨가
"나는 같은 이야기를
같은 사람에게 하지 않으려고 해."
라고 해서
한층 더 감탄했는데

어렸을 적 10엔을 훔쳤다가
산에 끌려가 나무에 묶였다는 이야기를
나는 몇 번이나 들은 바가 있다.

그때마다 재미있기는 하지만
기억력 좋다는 아라이 씨도
다소 건망증이 있는 것이다.

아, 남이 건망증을 보이면
어째서 나는
이렇게 기쁜 걸까.

"어젯밤 뭘 먹었는지
까먹지 않으면 괜찮은 거야."
라고 하는 사람이 있어
그 말을 듣고 떠올려 보았더니
꽤 시간이 걸린다.

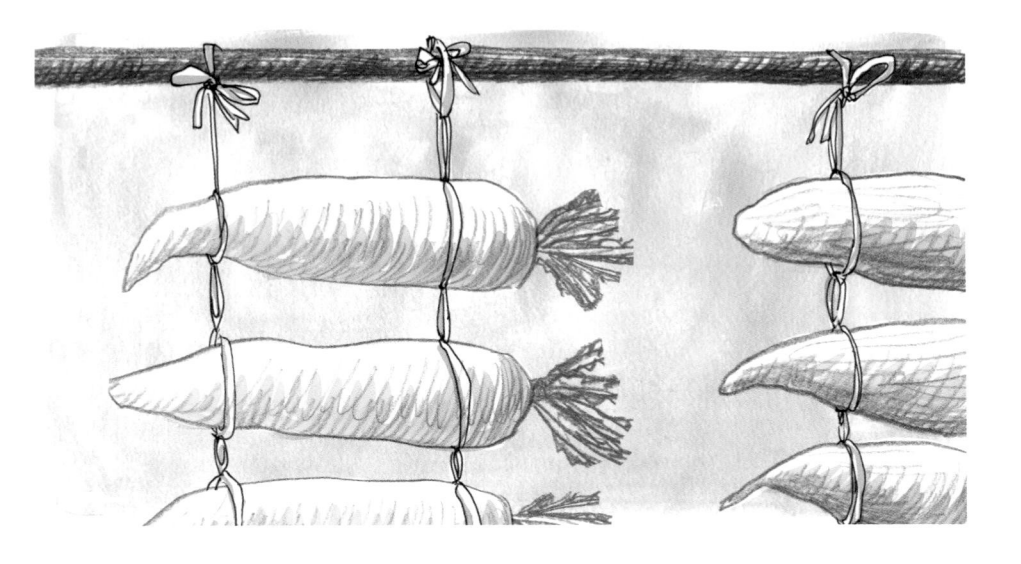

남에게 받은 것도
준 것도 금방 잊어버린다.

마리 짱네에
어디선가 받아온 절임 반찬을
반 나눠 가져갔더니

"어머나, 이거
내가 줬잖아."
라고 했다.

나는 스토브에 삶은,
붉은 강낭콩을
여러 친구들에게 보내는데

"얘, 요코,
　전에 준 콩도 아직 다 안 먹었어."
　라고 해서 쩔쩔맸다.

나이가 들면 잘 깜빡깜빡하게 된다지만
나는 심각한 게 아닐까.
그럼 어쩐다. 딱히 방법이 없다.

그 뒤,
알츠하이머에 관한 책을
잔뜩 사와서
두려움과 공포와 호기심을 안고
아주 열심히 읽었다.

★ 알기, 마주하기

털이 엄청 많이 빠진다.
털이 엉겨 이상하다.

그 책을 차례차례
친구에게 보냈다.

"요코,
아하하, 너 같은 책을
또 보냈더라."

어쩐다,
딱히 방법이 없다.

후기

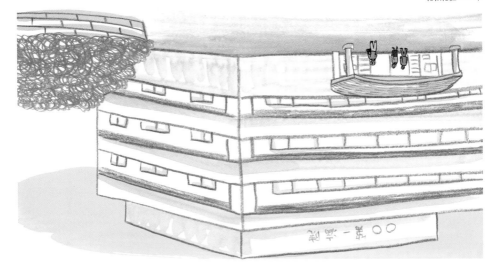

별로 소중하게 생각하지 않았다.
나무 그림을
얼음을 찾을 것이 없다.
지구가 더워서

※ ○○지역활동

허영심이 강하고 거짓말쟁이에
화려하게 꾸미기를 좋아하고
허세나 부리는
멍청한 사람이라고 생각했다.

★ 간호사실

어떤 때는
어울리는 게
시간 낭비라는 생각까지 했다.

친구는 코뼈가 부러져서
얼굴 한가운데를 하얀 붕대로
친친 감고
침대에 누워 있다가

나를 보더니
붕대로 감지 않은
눈과 입으로 웃으며
"아야야." 하고 말했다.

"어쩌다 다쳤어."

"코, 변기."

"바보 아니니.
　변기에 코가 부러져?
　어디서."

"말 못해. 아야야."

그때
나는 눈물이 나왔다.
너, 죽으면 안 돼.
절대 죽지 마.

새들은 공사장에
내 마음을 스그러게 했다.

이 사람은
내 바보 같은 곳,
못난 곳,
싫은 곳,
시시한 곳을
다 받아들여 주고 있었던 것이다.

이 사람이 없었더라면
내 못난 곳,
시시한 곳은
갈 곳을 잃고
내 안에서 넘쳐 나와
인생을 살아갈 수 없었을 것이다.

존경할 만한
훌륭한 친구만 가졌다면
얼마나 나는
궁핍한 땅에 사는
생물이 되었을까.

둘이서 낭비하며 지냈던
엄청난 시간들,
그 낭비를 비료 삼아
우리는 살아왔다.

내가 배를 수술해서 입원했을 때
실도 뽑지 않은 배를 안고

공중전화로 전화해
"병원에 낼 돈 좀 빌려줘."
한 적이 있었다.

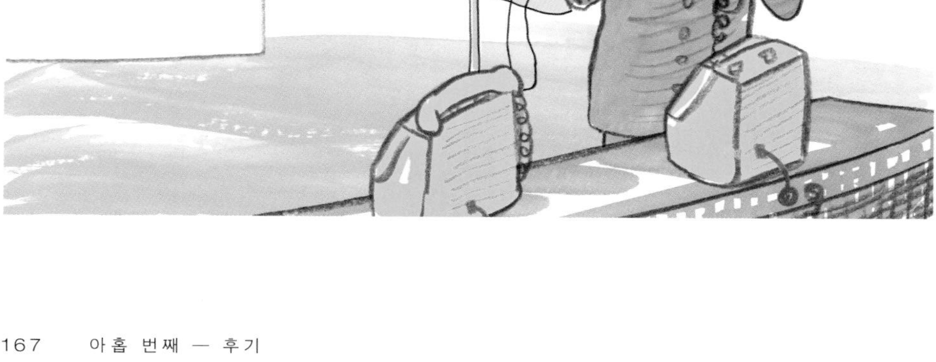

내 허영심이
다른 친구가 아니라
그녀를 고르게 했다.

갑자기 밤중에
"오늘 나 너희 집에서
자는 걸로 해 줘, 부탁해."
라고 하면,
"알았어."
라고 대답했다.

그녀 또한
훌륭하지 않은 나를
골랐던 것이다.

생각해 보면
친구란
쓸데없는 시간을
함께 보내는 존재이다.

딱히 할 얘기 없이
그냥 돌계단에 앉아서
바람을 맞으며 몇 시간이나
멍하니 있던 적 있는 친구.

실연당한 친구에게
그저 이불을 뒤집어씌우는 것 말고
아무것도 할 수 없었던 날.

알맹이가 울고 있는
이불 더미 곁에서 나는
가쓰오부시를 갈고 있었다.

친구라는 것은
돈이 되는 것도 아니고
사회적 지위 향상에
도움이 되는 것도 아니다.

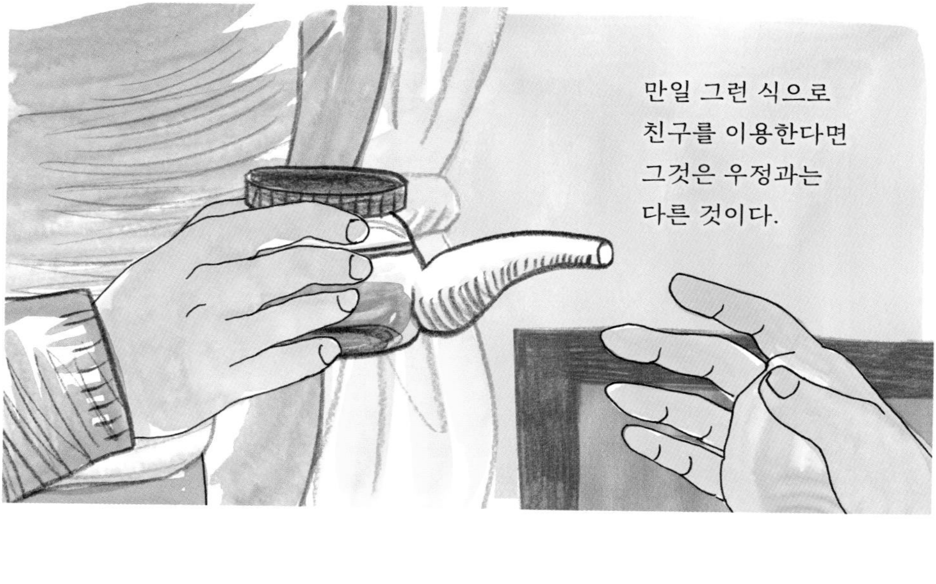

만일 그런 식으로
친구를 이용한다면
그것은 우정과는
다른 것이다.

결과적으로
친구가 준
여러 가지 눈에 보이는 것,
보이지 않는 것이 있었다 하더라도
결코 그것이 목적이 아니다.

나는 쓸데없는 것이 좋았다.

금방은
도움이 되지 않을 만한 것이나,
무엇에 쓰면 좋을지
모를 것이 좋았다.

능률이나 성적, 진보에
직접적으로는 상관없는 것이
좋았다.
그게 가장
소중한 것이었던 것이다.

수록 작품의 출전

『DEMO IINO』(KAWADESHOBOSHINSHA)
「립스틱」/「이제 도쿄에는 안 갑니다」
『그래도 괜찮아』(북로드)

『OBOETE INAI』(SHINCHOSHA)
「대지」

『HUTSUU GA ERAI』(SHINCHOSHA)
「친절하기도 해라」/「선입관」

『KAMI MO HOTOKE MO ARIMASENU』(CHIKUMASHOBO)
「그럼 어쩐다(어쩌면 좋아)」
『어쩌면 좋아』(서커스)

『TOMODACHI WA MUDA DE ARU』(CHIKUMASHOBO)
「후기」
『쓸데없어도 친구니까』(넥서스)

『WATASHI NO NEKO-TACHI YURUSHITE HOSHII』(CHIKUMASHOBO)
「결국 사람은 먹는다(먹어야 산다)」
『아침에 눈을 뜨면 바람이 부는 대로』(북폴리오)

『WATASHI WA SOU WA OMOWANAI』(CHIKUMASHOBO)
「나는 엄마도 아이였구나 싶어 굉장히 놀랐다」
『아니라고 말하는 게 뭐가 어때서』(을유문화사)